La muestra de talentos

Henry   Lily   Mei   Pablo   Padma

por **Samantha Thornhill**

ilustrado por **Shirley Ng-Benitez**

traducido por **Esther Sarfatti**

Lee & Low Books Inc.   Nueva York

Para Sedar y Suleiman, quienes me inspiran —S. T.
Para Sierra y Noëlle, ¡con mucho amor! —S. N-B.

Copyright del texto © 2023 por Lee & Low Books Inc.
Copyright de las ilustraciones © 2023 por Shirley Ng-Benitez
Copyright de la traducción al español © 2023 por Lee & Low Books, Inc.
Originalmente publicado en inglés como *The Talent Show*
Traducción del texto por Esther Sarfatti
Diseño del libro por Charice Silverman
Producción del libro por The Kids at Our House
Las ilustraciones están renderizadas en acuarela y alteradas digitalmente.
Hecho en Corea del Sur por Mirae N
Impreso en papel de fuentes responsables
Primera edición
(pb) 10 9 8 7 6 5 4 3 2 1

Library of Congress Cataloging-in-Publication Data
Names: Thornhill, Samantha, author. | Ng-Benitez, Shirley, illustrator. Sarfatti, Esther, translator.
Title: La muestra de talentos / por Samantha Thornhill; ilustrado por Shirley Ng-Benitez;
  traducido por Esther Sarfatti. | Other titles: Talent show. Spanish | Description: Primera edición.
New York, NY: Lee & Low Books Inc., [2023] | Originally published in English under title:
  The talent show. | Audience: Ages 4-7. | Audience: Grades K-1.
Summary: "With the help ofhis mom and her partner Joy, Henry learns that it's okay to do something unexpected and share his love of dancing at the school talent show"—Provided by publisher.
Identifiers: LCCN 2022016339 | ISBN 9781643796338 (paperback) | ISBN 9781643796383 (ebk)
Subjects: CYAC: Self-confidence—Fiction. | Dance—Fiction. | Talent shows—Fiction.
Schools—Fiction. | Spanish language materials. | LCGFT: Picture books.
Classification: LCC PZ73 .T494 2023 | DDC [E]—dc23

Contenido

Henry, Padma, Pablo, Mei y Lily
vieron un afiche nuevo en la escuela.

—¡La muestra de talentos será
el próximo mes! —dijo Padma.
—¡Deberíamos participar! —dijo Lily.

Los amigos de Henry hablaron
de sus talentos.
Pablo sabía hacer algunos
trucos de magia.
Lily quería leer uno de sus poemas.

Padma contaba historias con muñecos de trapo.
A Mei le gustaba cantar.

—Tú, Henry, vas a tocar
los tambores —dijo Lily.
—¡Claro que sí! —dijo Mei.
—Sí, tú eres el que mejor toca
los tambores —dijo Pablo.

Henry no quería tocar los tambores.
Quería hacer algo diferente
para la muestra.
Pero todavía no sabía qué.

¡Sé tú mismo!

Henry se sentó a cenar
con su mamá y Joy.
Henry estaba pensando en
la muestra de talentos.
—¿Por qué estás tan callado,
Henry? —preguntó su mamá.

—Va a haber una muestra de talentos
en la escuela —dijo Henry—. Todos
piensan que debo tocar los tambores,
pero yo quiero hacer algo diferente.

Después de la cena, Joy habló
con Henry.

—Está bien hacer algo diferente
—dijo Joy.

—¿Y si los demás se ríen de mí?
—preguntó Henry.

—A veces tienes que ser valiente
y demostrar al mundo quién eres
—dijo Joy.

—Tú eres todas las cosas que te
encantan —dijo la mamá de Henry.

Henry pensó en todas las cosas
que le encantaban.
Pensó en tocar los tambores, en
dibujar ballenas y en contar chistes.
Después pensó en bailar.

Pensó en bailar con su mamá y con
Joy. Y luego pensó en bailar él solo.
Bailar lo hacía feliz.
Henry ya sabía qué quería hacer
para la muestra de talentos.

Al día siguiente, Henry fue a
apuntarse para la muestra de talentos.
No les dijo a sus amigos
lo que iba a hacer.
Henry quería que fuera una sorpresa.

En casa, practicaba baile todas las noches.

La muestra

El día de la muestra de talentos,
Henry estaba nervioso.
Nunca antes había bailado
delante de tanta gente.

Miró lo que hacían sus amigos.
Lily recitó su poema sin mirar
el papel.
Mei cantó su canción favorita.

Algunos niños se equivocaron.
A Padma se le cayó un muñeco
de trapo. Lo recogió y siguió
con su historia.

A Pablo se le olvidó cómo hacer
uno de sus trucos de magia.
Nadie se rio de sus errores.
Henry se sintió menos nervioso.

¡Por fin llegó el turno de Henry!
Pablo, Mei, Padma y Lily
animaron a Henry.
Todos esperaban que Henry tocara
los tambores.

Pero Henry salió al escenario
sin sus tambores.
Se encendió el foco.
Comenzó la música...

Y Henry comenzó a bailar.
Al principio, daba pasos pequeños.
Bailaba como si estuviera solo.
Después bailaba con pasos
más grandes.

Una sonrisa apareció en su rostro.
¡Estaba bailando para la escuela!

Lily, Padma, Mei y Pablo
se quedaron sorprendidos.
Después aplaudieron.
La mamá de Henry y Joy
aplaudieron más que los demás.

Cuando terminó la canción,
todo el mundo aplaudió.
Henry saludó al público.

Cuando la muestra de talentos terminó, la familia de Henry y sus amigos fueron a verlo.

—¿Cómo aprendiste a bailar? —
preguntó Lily.

—Bailamos todos juntos en casa
—dijo Henry—. También me gusta
bailar solo.

—A mí me gusta cantar cuando estoy solo —dijo Pablo.

—A mí me gusta hacer juegos malabares —dijo Padma.

—A mí me gusta pararme de cabeza
—dijo Mei.

—¡Qué bien! —dijo Lily—. ¡Podemos
compartir todos estos talentos en la
próxima muestra!

☆ **Actividad** ☆

♪ Si pudieras despertarte mañana con un increíble nuevo talento, ¿qué te gustaría que fuera? Haz un dibujo que represente ese talento.

𝄞 ¿Qué tipo de cosas te gusta hacer para divertirte? ¿Cómo te sientes cuando haces esas cosas? Haz un dibujo de ti mismo haciendo algo que te gusta.

♪ Henry practicó todos los días para la muestra de talentos. Escribe sobre alguna vez que has tenido que practicar para mejorar en algo? ¿Cuáles fueron los resultados?

31901069413252